ちくま文庫

えーえんとくちから

笹井宏之

筑摩書房

短歌というみじかい詩を書いています

笹井宏之

I

えーえんとくちからえーえんとくちから永遠解く力を下さい

二十日まえ茜野原を吹いていた風の兄さん　風の母さん

この森で軍手を売って暮らしたい　まちがえて図書館を建てたい

真水から引き上げる手がしっかりと私を掴みまた離すのだ

水田を歩む　クリアファイルから散った真冬の譜面を追って

滝までの獣の道を走り抜けあの子は歌手になるのでしょうね

きんいろのきりん　あなたの平原で私がふれた唯一のもの

「はなびら」と点字をなぞる　ああ、これは桜の可能性が大きい

こん、という正しい音を響かせてあなたは笹の舟から降りる

ねむらないただ一本の樹となってあなたのワンピースに実を落とす

拾ったら手紙のようで開いたらあなたのようでもう見れません

ウエディングケーキのうえでつつがなく蝿が挙式をすませて帰る

このケーキ、ベルリンの壁入ってる？（うんスポンジにすこし）にし？（うん）

まばゆいね、まばゆいねって宇宙服着たままはじきあう青林檎

半袖のシャツ　夏　オペラグラスからみえるすべてのものに拍手を

手のひらのはんぶんほどを貝にしてあなたの胸へあてる。潮騒

この星に消灯時間がおとずれるときも手を繋いでいましょうね

ひまわりの死んでいるのを抱きおこす　季節をひとつ弔うように

食パンの耳をまんべんなくかじる　祈りとはそういうものだろう

「スライスチーズ、スライスチーズになる前の話をぼくにきかせておくれ」

「雨だねぇ　こんでんえいねんしざいほう何年だったか思い出せそう?」

からすうりみたいな歌をうたうから　すごい色になるまで、うたうから

晩年のあなたに窓をとりつけて日が暮れるまで磨いていたい

葉桜を愛でゆく母がほんのりと少女を生きるひとときがある

冬ばつてん「浜辺の唄」ば吹くけんね　ばあちやんいつもうたひよつたろ

蜂蜜のうごきの鈍ささへ冬のよろこびとして眺めてをりぬ

からだにはいのちがひとつ入ってて水と食事を求めたりする

からっぽのうつわ　みちているうつわ　それから、その途中のうつわ

しっとりとつめたいまくらにんげんにうまれたことがあったのだろう

空と陸のつっかい棒を蹴飛ばしてあらゆるひとのこころをゆるす

まばたきの終え方を忘れてしまった　鳥に静かに満ちてゆく潮

切れやすい糸でむすんでおきましょう　いつかくるさようならのために

あやとりの東京タワーてっぺんをくちびるたちが離しはじめる

一様に屈折をする声、言葉、ひかり　わたしはゆめをみるみず

鞄からこぼれては咲いてゆくものに枯れないおまじないを今日も

ふわふわを、つかんだことのかなしみの　あれはおそらくしあわせでした

II

ひどく遠い泉のようにそこにあるあなたの顔をおおう春楡

ゆっくりと上がっていってかまいません　くれないい色をして待っています

やむをえず私は春の質問としてみずうみへ素足をひたす

できるだけふるいまぶたをあけてみる　そこには海があるはずなんだ

わたがしであったことなど知る由もなく海岸に流れ着く棒

ああそれが答えであった　水田に映るまったいらな空の青

とびはねている犬　こども　全世界共通語　ねえ、ひかりましょうよ

集めてはしかたないねとつぶやいて燃やす林間学校だより

完璧にならないようにいくつもの鳩を冷凍する昼さがり

そのゆびが火であることに気づかずに世界をひとつ失くしましたね

あめいろの空をはがれてゆく雲にかすかに匂うセロファンテープ

次々と涙のつぶを押し出してしまうまぶたのちから　かなしい

西の空に巨大な顔が浮かんでいて日にいちどだけ目配せをする

それなりにおいしくできたチャーハンに一礼をして箸をさしこむ

栄光の元禄箸を命とか未来のために割りましょう、いま
表面に〈さとなか歯科〉と刻まれて水星軌道を漂うやかん

「すばらしい天気なものでスウェーデンあたりのひとになってます。父」

「いま辞書とふかい関係にあるからしばらくそっとしておいて。母」

悲しみでみたされているバルーンを　ごめん、あなたの空に置いたの

胃のなかでくだもの死んでしまったら、人ってときに墓なんですね

寒いねと言ふとき君はあつさりと北極熊の目をしてみせる

こどもだとおもっていたら宿でした　こんにちは、こどものような宿

つぼみより（きみがふたたびくるときは、七分咲きにはなっていたいな）

ゆびさきのきれいなひとにふれられて名前をなくす花びらがある

魂がいつかかたちを成すとして　あなたははっさくになりなさい

おそらくは腕であるその一本へむぎわら帽を掛ける。夕立

あるいは鳥になりたいのかもしれなくて夜をはためくテーブルクロス

ひとりでにりぼんむすびになっていたひもの痛みの、はかりしれない

ゆきげしき　みたい　にんげんよにんくらいころしてしまいそうな　ゆきげしき

清いものになりたいというしんでピアニカを吹き野菜を食べる

かまきりに祈られているおばさんを優しくよけて公園に着く

今夜から月がふたつになるような気がしませんか　気がしませんか

切らないでおいたたたくあんくるしそう　ほんらいのすがたじゃないものね

美術史をかじったことで青年の味覚におこるやさしい変化

「ごみ箱にあし圧縮をかけるとき油田が一部爆発するの」

午前五時　すべてのマンホールのふたが吹き飛んでとなりと入れ替わる

マレーシアバクの夫婦を木陰からひっぱりだして夢を与える

透き通る桃に歯ブラシあててみる（こすってはだめ）こすってはだめ

水仙にアイスピックを突き立てて祈りのような言葉を吐いた

釣り糸にからまっているえびの手をほどく　いっぽんにほん　くるしい

内臓のひとつが桃であることのかなしみ抱いて一夜を明かす

吊り革に救えなかった人の手が五本の指で巻き付いている

ゆでたまごの拷問器具を湯へひたしきれいなサンドウィッチをつくる

大切なひとを忘れてしまうのもドリアンのせいにして眠ろう

おくゆきがほしいときには煙突をイメージしたらいいんじゃないの

廃品になってはじめて本当の空を映せるのだね、テレビは

和尚さんそんなに欠けないで、あとからお弟子さんたちも続かないで

野菜売るおばさんが「意味いらんかねぇ、いらんよねぇ」と畑へ帰る

骨盤のゆがみをなおすおかゆです、鮭フレークが降る交差点

つよがりの筋肉たちをストーブのまえでややありえなくしてみた

ばらばらですきなものばかりありすぎてああいっそぜんぶのみこんでしまいたい

街中のリーゼントへと告げられた初雪予定時刻　十二時

混沌を絡めて口へ放り込む　パスタの白きああ白きスープ

雪であることをわすれているようなゆきだるまからもらうてぶくろ

左手に携帯電話ひらく朝　誰より早い君のおはよう

冬空のたったひとりの理解者として雨傘をたたむ老人

スパゲティ素手でつかんだ日のことを鮮明に思い出しまちがえる

ゆるせないタイプは〈なわばしご〉だと分かっている　でてこい、なわばし
ご

あたたかい電球を持つ（ひかってたひかってました）わかっています

簡潔に生きる　くらげ発電のくらげも最終的には食べて

人類がティッシュの箱をおりたたむ　そこには愛がありましたとさ

Ⅲ

あばら　ぼね　どろぼう　たち　の　あばら　から　でて　くる　ばら　ばらの　あばら　ぼね

「ねえ、気づいたら暗喩ばかりの中庭でなわとびをとびつづけているの」

あまがえる進化史上でお前らと別れた朝の雨が降ってる

ほんのすこし命をおわけいたします　月夜の底の紙ふうせんへ

別段、死んでからでも遅くないことの一つをあなたが為した

わたくしは水と炭素と少々の存在感で生きております

さあここであなたは海になりなさい　鞄は持っていてあげるから

ベランダで夏の子どもがさよならの練習をしている昼日中

かんぺきなかたちのひとをみつけても遠い島だとわりきってやる

五月某日、ト音記号のなりをしてあなたにほどかれにゆきました

単純な和音のままでいましょう、とあなたは朝のひかりの中で

クレーンの操縦席でいっせいに息を引き取る線香花火

暮れなずむホームをふたりぽろぽろと音符のように歩きましたね

すまいらげん　決して滋養強壮に効くくすりではない　smile again

ひかりふる音楽室でシンバルを磨いて眠る一寸法師

レシートの端っこかじる音だけでオーケストラを作る計画

白金のピアノにふれているゆびが、どうしようどこまでも未来だ

ひろゆき、と平仮名めきて呼ぶときの祖母の瞳のいつくしき黒

戦争が優しい雨に変わったらあなたのそばで爪を切りたい

シゲヨさん、むかしのことをはなすとき百合にならなくてもいいからね

だんだんと青みがかってゆくひとの記憶を　ゆっ　と片手でつかむ

きょうは下駄つっかけて豆腐屋へゆく　遠慮なくよろこべあしのゆび

美しい名前のひとがゆっくりと砲丸投げの姿勢にはいる

息抜きをしているひとに栓をする　すべてがぬけてしまわないよう
冬用のふとんで父をはさんだら気品あふれる楽器になった

桃色の花弁一枚拾い来て母の少女はふふと笑えり

ひきがねをひけば小さな花束が飛びだすような明日をください

ゆっくりと国旗を脱いだあなたからほどよい夏の香りがします

きれいごとばかりの道へたどりつく私でいいと思ってしまう

嫌われた理由が今も分からずに泣いている満月の彫刻師

神木にウエストポーチをまきつける　正しいことがしたいあまりに

コンビニのどこかで雨が降っている　音楽を消してもらえますか

天国につながっている無線機を海へ落としにゆく老婦人

こころからひとを愛してしまった、と触角をふるわせるおとうと

夏らしきものがたんすのひきだしの上から二段目で死んでいる

従妹から受け取る包み〈十二年前の鬼ごっこの子鬼です〉

次々とお墓にふれるこどもらの鳩の部分がふぁーんとひかる

公園でひたすら脱臼しあってる恋人たちに降れよ　星とか

火星にも夕暮れどきがあるでしょう　パスタを軽く巻いてあなたは

誰ひとり見向きもしない帆船に火の夢をみるように伝える

スポイトに冷たいみずをふくませて少しただしくしてあげました

ブレーカー落としてまわる　人生に疲れたひとたちのなれのはて
からだじゅうすきまだらけのひとなので風の鳴るのがとてもたのしい

すこしずつ存在をしてゆきたいね　なにかしら尊いものとして
風であることをやめたら自転車で自転車が止まれば私です

つぎつぎと星の名前を言いあてるたそがれの国境警備隊

人間になれますように　廃駅のいたるところで雨、ひかりだす

掘り下げてゆけばあなたは水脈で私の庭へつながっていた

お話はこれでおしまい　さあはやくあなたの画布にお戻りなさい

それはもう「またね」も聞こえないくらい雨降ってます　ドア閉まります

流星が尾をふる音がきこえます　ゆりかもめ、そちらはどうですか

Ⅳ

それは明日旅立ってゆく人のゆめ　こうのとりには熱いポトフを

泣きそうな顔であなたが差し出したつきのひかりを抜くピンセット

雨ひかり雨ふることもふっていることも忘れてあなたはねむる

愛します　眼鏡　くつひも　ネクタイの桃味　死んだあとのくるぶし

（ひだりひだり　数えきれないひだりたちの君にもっとも近いひだりです）

箱になるまえの私に会いたくて思い切りあけてもらいました

神奈川で存在感が立ち上がりタバコをふた箱ばかり求めた

フライパンになりませんかときいてくる獅子座生まれの秋田生まれの

スカートかズボンかわからないものを身につけている目黒区の人

滅茶苦茶や言語道断が服を着て西新宿をあるいています

影だって踏まれたからには痛かろう　しかし黙っている影として

わたしだけ道行くひとになれなくてポストのわきでくちをあけてる

ひとりでに給水塔があるきだし品川までの切符を買った

社会的すっからかんがある朝に泉になっていることもある

真夜中の胡椒通りに立ってみる　きゅうくつな靴つっかけたまま

ほんとうにわたしは死ぬのでしょうか、と問えば杉並区をわたる風

スマイルスマイルそのタクシーが楽園へつづくゲートをくぐらなくても
気のふれたひとの笑顔がこの世界最後の島であるということ

一夜漬けされたあなたの世界史のなかのみじかいみじかい私

つきつめてゆけばあなたがドアノブであることを認めざるをえない

火から火がうまれるときの静かさであなたにわたす小さなコップ

よかったら絶望をしてくださいね　きちんとあとを追いますからね

われはつねけものであれば全身に炎のやうに雨は匂へり

ゆつくりと私は道を踏みはづす金木犀のかをりの中で

眠りから覚めても此処がうつつだといふのは少し待て鷺がゐる

手袋のなかが悲しき思ひ出に満たされてゐて装着できぬ

スプーンに関心のある親指とない小指とのしずかな会話

白い光だなんて、教わっていないし、でもさわっていたから、ごめんなさい

くぎ抜きで君を抜いたらそのあとの愛が縦穴状で鋭い

こころにも手や足がありねむるまえしずかに屈伸運動をする

しあきたし、ぜつぼうごっこはやめにしておとといからの食器を洗う
鳥籠にちゃんと名前をかいておく　そうして生きてゆかなくてはね

両親が出会ったという群青の平均台でおやすみなさい

V

どうしても声のかわりに鹿が出る　あぶないっていうだけであぶない

あとほんのすこしの辛抱だったのに氷になるだなんて　ばか者

四ページくらいで飽きる本とかを背骨よりだいじにしています

あのひとは階段でした　のぼろうとしても沈んでしまうばかりの

あるときはまぶたのようにひっそりと私をとじてくれましたよね

思い出がしおれてしまいそうなときあなたが貸してくれた霧吹き

小説のなかで平和に暮らしているおじさんをやや折り曲げてみる

進んでいるのだと思っていたけれどほんとは車窓のシネマだった

ひだまりへおいた物語がひとつ始まるまえに死んでしまった

生涯をかけて砂場の砂になる練習をしている子どもたち

音速はたいへんでしょう　音速でわざわざありがとう、断末魔

大陸間弾道弾にはるかぜのはるの部分が当たっています

昨晩、人を殺めた罪によりゆめのたぐいが連行された

みんなさかな、みんな責任感、みんな再結成されたバンドのドラム

恋愛がにんげんにひきつかまえて俺は概念かと訊いている

「とてつもないけしごむかすの洪水が来るぞ　愛が消されたらしい」

うしなったことばがひざをまるくして（ことばのひざはまるいんですよ）

大切に仕舞っておいた便箋に文字が生まれてゆくのをみてた

余白からあなたの声をこぼしてはうすく小さくなりゆく詩集

本棚に戻されたなら本としてあらゆるゆびを待つのでしょうね

たてぶえのあたまをつよくひきぬいて木枯らしの子が恍惚となる

猫に降る雪がやんだら帰ろうか　肌色うすい手を握りあう

いつかきっとただしく生きて菜の花の和え物などをいただきましょう

たっぷりと春を含んだ日溜まりであなたの夢と少し繋がる

ひとたびのひかりのなかでわたくしはいたみをわけるステーキナイフ

さようならが機能をしなくなりました　あなたが雪であったばかりに

無菌室できみのいのちは明瞭な山脈であり海溝である

死ななければならないひとのかたわらで表紙のうすい本をひらいた

鮟鱇に灯るあかりがこの星の最後の希望です　ほんとうです
百年を経てもきちんとひらきますように　この永年草詩篇

Ⅵ

風という名前をつけてあげました　それから彼を見ないのですが

ひろげたら羽根がいちまい落ちてきてそれから軽くなったつまさき

風。そしてあなたがねむる数万の夜へわたしはシーツをかける

ひたいから突き出ている大きな枝に花を咲かせるのがゆめでした

少しずつ海を覚えてゆくゆうべ　私という積み荷がほどかれる

あのひとは自転車を漕ぐひとでした　右手にお箸持つ人でした

生きてゆく　返しきれないたくさんの恩をかばんにつめて　きちんと

花束をかかえるように猫を抱くいくさではないものの喩えに

天井と私のあいだを一本の各駅停車が往復する夜

何枚もまぶたのひらく音がする　ゆっくり気道確保しなさい

からだだとおもっていたらもっともっとはいっていっていきなり熱い

すずむしの死にゆく声にひっそりとふくらんでゆく夜のカーテン

咲くことの叶わなかった花たちはいま潮騒のなか、さくら貝

果樹園に風をむすんでいるひとと風をほどいているひとの声

もうそろそろ私が屋根であることに気づいて傘をたたんでほしい

さよならのこだまが消えてしまうころあなたのなかを落ちる海鳥

わがうではまうすぐみづに変はるゆゑそれまでじつと抱かれてゐよ

泣いてゐるものは青かり　この星もきつとおほきな涙であらう

冬の野をことばの雨がおおうとき人はほんらい栞だと知る

運河へとわたしのえびが脱皮する　いろんなひとを傷つけました

白砂をひかりのような舟がゆき　なんてしずかな私だろうか

こくこくと酸化してゆく悲しみがほのかに部屋に匂うのでした

感傷と私をむすぶ鉄道に冬のあなたが身を横たえる

にぎりしめる手の、ほそい手の、ああひとがすべて子どもであった日の手の

くちびるのふるえはたぶん宝石をくわえて旅をしていたからだ

みぞれ　みぞれ　みずから鳥を吐く夜にひとときの祭りがおとずれる

風をのみ川をひらいて朝焼けの、どこにもいないひとになります

あこがれがあまりに遠くある夜は風の浅瀬につばさをたたむ

終止符を打ちましょう　そう、ゆっくりとゆめのすべてを消さないように

世界って貝殻ですか　海ですか　それとも遠い三叉路ですか

眠ったままゆきますね　冬、いくばくかの小麦を麻のふくろにつめて

祝祭のしずかなおわり　ひとはみな脆いうつわであるということ

一生に一度ひらくという窓のむこう　あなたは靴をそろえる

それは世界中のデッキチェアがたたまれてしまうほどのあかるさでした

無題

わたしのすきなひとが
しあわせであるといい
わたしをすきなひとが
しあわせであるといい

わたしのきらいなひとが
しあわせであるといい
わたしをきらいなひとが
しあわせであるといい

きれいごとのはんぶんくらいが

そっくりそのまま
しんじつであるといい

未発表原稿

〈エッセイ〉

色彩言語／芳香言語

恋人が「おはよう」と口にする。私はそれを、うすくて青い色だと感じる。夏草の匂いだと感じる。理屈ではなく感覚として。恋人の「おはよう」は、うすい青だ。

私は身体表現性障害という病を患っていて、ほとんど寝たきりの生活を送っている。恋人は遠くに住んでいて、なかなか会う機会がない。月にいちど、会えるか会えないか。俗に言う遠距離恋愛だ。ただ、お互い遠くにいるからこそ、研ぎ澄まされる感覚というものがある。

ことばにも、色や匂いがある。といっても、じっさいにその色や匂いが会話の中で、リアルタイムで連想されるわけではない。そこにあるような気がする、なんとなく確からしい、といった非常に曖昧模糊としたものだ。コンクリートは灰色でくすんだ匂い、夕焼けはオレンジ色で甘い匂い、といった単調なイメージの連鎖ではなく、それらは刻々と、しずかに変化をしてゆく。

たとえば一日、数時間だけしか会えない日の、彼女の「おはよう」は、八月の真昼の空のように、高くて、とても濃い青を映し出す。「おやすみ」は、夏草の匂いではなく、屋久島の原生林のなかにいるような、遠くて遥かな匂いを醸し出す。二日間、しっかりと会えるときには、ふだんのように、会えない時間に交わすのと同じような色や匂いのことばが飛び交う。

それは会うまでの、あるいは会ったあとの電子メールのやりとりであっても、じっさいに彼女と会話をしているときであっても同じだ。

ただ、このことについて、彼女に問い掛けたり、確かめたりはしない。恋人が、私と同じように、このような感覚を持っているのか、訊いたこともなければ、話題に挙げたこともない。あまりに漠然としているから……。

それに、恋愛感情を客観的にことばにするのが無粋であるように、その感覚を確かめようとするのは、無粋というか、無益であるように思う。

何ものにも置き換え不可能な「おはよう」にともなう色や匂いが、恋人のことばの奥に、ひっそりと隠されているのだろう、と、私は仮定してゆくだけだ。

他の感覚とつながりあう、意識の影を歩むような、無意識のほとりからこぼれおちるような、刻々と移りゆくことばの色彩を、芳香を、誰に知られることもなく、仮定してゆく。

そうすると、しぜんと確かめようという思いには至らない。

木がある。

焦げ茶色の幹があり、うすみどり色の葉がゆれている。

かすかに、森の匂いがする。

そのようなことを、ひとつひとつことばにしていくのは、尊いことなのかもしれないが、それはどこまでも続く水平線を、硝子越しになぞっては休み、なぞっては休みするのと同じことだ。

だから、私はことばにしない。

今朝の「おはよう」は、いつもよりうすい青だったよ、と。

ゆうべの「おやすみ」は、ひかっていて、薄荷の匂いがしたよ、と。

きょうも遠くに住む恋人へ、ある色の「おはよう」を送る。そしてある色の、あるいはある匂いの「おやすみ」を恋人から受け取る。

そこには静謐としか言いようのない、私と、私の中を歩む恋人との意識の原野が、どこまでも、まごうことなく広がっている。

〈俳句〉

砂のねむり

蟬落ちるあなたが埋まるはずの土地

くしゃくしゃにしていた夏をひらきます

またおんぶばったの背中で目が覚める

蠍座の蠍に刺され果てる夢

茹でられてあなたはグリンアスパラガス

入道雲のできそこないのきえそこない
（ひまわりが比喩からもどります）どうぞ
てざわりが蜜柑の皮であるあたま
蛇の舌抜いてあかるい道をゆく
その風、夏のかしらを連れてこい

金縛りのさなかにひらくひつじぐさ

蟷螂はしずかに祈り死後の雨

そっとしておこう孔雀の溺死体

燃えている雨もあったでしょうあの日

なだらかな背骨にそって立つ欅

林檎酒の瓶がわたしを引き伸ばす

Tシャツをやぶりまくっているましら

ひまわりの首をつかんで泣きました

太陽の墓がさざなみなど立てる

かまきりの鎌のみ落ちている歩道

もぎたての茄子をたらいに泳がせる
トマトだと思っていたら愛でした
あの山を夏だと仮定して叫ぶ
狂おしく咲かない薔薇を叱ります
死ぬために夜の樹を抱くあぶらぜみ

わらめろんスイカのことと気づく朝

眠れないあなたのためにに鳴くかじか

ゆうぐれのワイングラスにしずむ蝶

砂浜へ砂のねむりを聴きにゆく

八月の私へそっと置き手紙

〈詩〉
くちぐるま

高速道路を走っていると
となりにくちぐるまに乗ったカップルが並んだ
あの、くちぐるまに乗っていますよ
と、声を掛けたかったが
いかんせん運転中で、しかも高速である
くちぐるまに乗ったカップルはびゅんびゅんスピードをあげ
何台もの車を追い越して消えた

ぼくはパーキングにはいり
インスタントの唐揚げをほおばりながら
くちぐるまに乗っていたカップルのことを思った

過去、何度かくちぐるまに乗せられたことはある
しかし、あんなにすすんで乗っているひとは見たことがない

あのカップルはどこへむかったのだろう
たいへんな目にあっていないといいが

基本的にくちぐるまには乗らないほうがよい

とくに高速道路では

再会

さかなをたべる
さかなの一生を、ざむざむとむしる
さかなは死体のように
横たわっている

さかな、
二〇〇六年の夏に生まれ
オホーツク海の流氷のしたを泳ぎ
二〇〇八年初春、投網にかかったさかな

いいかさかなよ、
わたしはいまから
おまえをたべるのだ

容赦なく箸をつかい
皮を剝ぎ、肉をえぐり、
骨を抜き、めだまをつつくのだ

さかなよ
まだ焼かれて間もないさかなよ
わたしは舌をやけどしながらも
おまえをたべる

二〇〇八年初春の投網が
あすのわたしを待ち受けているかもしれないのだから

きれいにたべてやる
安心して、むしられていろ

そして、
今度は二〇〇六年夏のオホーツク海で
奇跡的な再会を果たそうではないか

ただしく、まったきさかなよ！

羽化

ゆび、
ゆびさき、爪の
ふし、
ふしぶし、骨の
水面下をゆく
血管の果てに
巻き上げられる体温

水銀のからだを
不可視の光がつらぬき

とつ、とつ、と
証明される

私という容器の
不確かな、吃音

ゆ、

ゆび、

ゆびさき、爪の
（心音、心音、心音、）
ふし、
ふしぶし、骨の
（膨張、）
水面下をゆく
（膨張、膨張、膨張、）
血管の果てに

（とつ、とつ、とつ）

体温、
巻き上げられて
巻き上げられて

私はついに
白夜の繭を羽化する

夕刻遊歩

八百屋のまえを
一行の詩が歩いていた

親父さんがらっしゃい、と
声をかけたが
一行の詩は振り向きもせず
まっすぐに歩みをすすめる

そのすがたは
吹雪の夜にそびえるセコイアの林

林のなかを鳥が抜け
八百屋の店先にあった白菜の葉を
いちまい剝がした

親父さんは気づかない
親父さんは詩になんて興味がないのだから

鳥が林へ戻ると
冷たい風が一陣、街を吹き抜けた

身震いをする野菜と親父さん

その数秒のあいだに
一行の詩は風へと消えたらしい

空が、あかい

鋏

あなたをきりひらいて
春の風をとりだす

春の風は
とりだされたとたん
私の頬をかすめ
空の高みへと消えてゆく

あなたをきりひらいて

夜の吐息をとりだす
夜の吐息は
とりだされたとたん
ただの吐息となり
世界の果てへと
吸われてしまう

あなたを、きりひらく

銀の指輪を
凍った薔薇を
ひどくあかるい手紙を

いくつもいくつもとりだす
それらが刹那のうちに
消えてゆくものだとしても

あなたからとりだされたという
まぎれもない事実が
私をすこし、安堵させる

いつか、
もうひとつのいのちが
あなたに宿るとき

きりひらく必要のないものが
あなたの重みとなったとき

私はその手をやすめるだろう

そして
途絶えることのない春風と
ひそやかな夜の吐息の中

あなたとともに
ほほえむだろう

療養生活をはじめて十年になります。
病名は、重度の身体表現性障害。自分以外のすべてのものが、ぼくの意識とは関係なく、毒であるような状態です。テレビ、本、音楽、街の風景、誰かとの談話、木々のそよぎ。どんなに心地よさやたのしさを感じていても、それらは耐えがたい身体症状となって、ぼくを寝たきりにしてしまいます。

短歌との出会いがどのようなものであったのか、よく覚えていません。ぼくにとって、文学とは遠い存在なのです。何に感銘を受けるでもなく、気づいたら自然と短歌をかいていました。

短歌をかくことで、ぼくは遠い異国を旅し、知らない音楽を聴き、どこにも存在しない風景を眺めることができます。
あるときは鳥となり、けものとなり、風や水や、大地そのものとなって、あらゆる事象とことばを交わすことができるのです。

短歌は道であり、扉であり、ぼくとその周囲を異化する鍵です。

キーボードに手を置いているとき、目を閉じて鉛筆を握っているとき、ふっ、とどこか遠いところへ繋がったような感覚で、歌は生まれてゆきます。

それは一種の瞑想に似ています。どこまでも自分のなかへと入ってゆく、果てしのない。

風が吹く、太陽が翳る、そうした感じで作品はできあがってゆきます。

ときに長い沈黙もありますが、かならず風は吹き、雲はうごきます。

そこにある流れのようなものに、逆らわないように、歌をかきつづけてゆくつもりです。

二〇〇七年十二月十五日

笹井宏之

（歌集『ひとさらい』あとがきより）

あとがき

二〇〇八年一月二十五日、私の長男宏之が〝笹井宏之〟の名で刊行いたしました第一歌集『ひとさらい』は、特に短歌界の皆さまから思わぬご評価をいただきました。

刊行から丁度一年が経った二〇〇九年一月二十四日早朝、深々と降り積もる白雪とともに、宏之は突然旅立ちました。

私たち家族は、深い悲しみの中で茫然自失の生活をしておりましたが、ようやく少しずつではありますが、宏之が残したものと向き合うことが出来るようになってまいりました。

宏之が綴っていたブログ「些細」の【SaSa-Note】では、短歌や詩とともに、宏之が生前創作したいくつかの楽曲が残されています。

その足跡をひとつずつ辿ってみると、楽曲の創作に勤しんだ時期と短歌を詠んだ時期が微妙に交差していることがわかります。

長い間自宅での療養生活を送っておりましたので、自分の体と心の調子を整えながら、音を、そしてことばを紡いでいたのでしょう。

宏之にとっては、自分の中からほとばしり出るものが、ある時は音楽であり、ある時はことばだったようです。

彼の短歌と楽曲に共通しているのは、キラキラした細氷のような透明感のある清澄な感性と、それでいてどこか温もりが感じられるところではないかとわたしなりに感じております。彼の短歌の原点は、音楽にあると思います。

体調の優れない時には、幼い頃から親しみ、大好きだったピアノを弾くために、数日間、時には数週間、心身を休めエネルギーを蓄えなければいけませんでした。

「曲作りは短歌の数千倍のエネルギーがいる」といっていましたので、体を休ませながら三十一文字を紡ぐ短歌の方が、溢れ出る自分の思いを表現するのには、合っていたのかも知れません。

それでも、体調の良いときには、ピアノ、フルート、ギター、サクスフォーン、歌と、弟も一緒に家族みんなで演奏を楽しみました。

祖父母や私たち家族のことを詠んだ歌もいくつか残してくれています。本当に家族思いで誰に対しても優しく、まっすぐでピュアな子でした。

二十六年という短い一生ではございましたが、心身の病と闘いながらも懸命にそして丁寧に生きてくれました証として、いくばくかの短歌と楽曲を残してくれました。私たち残された家族にとりまして、たいせつな宝です。

宏之と私の故郷、佐賀県有田町は山紫水明の地で日本磁器発祥の地でもあります。私は現在、有田焼の啓蒙活動の一環として、有田焼の器を楽器として使用し、磁器特有の澄んだ音色を奏でる碗琴《わんきん》の演奏活動をしております。国内、国外を問わず、さまざまな場所で演奏をさせていただいておりますが、私の碗琴演奏時には、決まったところに宏之がいます。碗琴を並べる卓上のほぼ中央の決まった位置に宏之の歌集を置き、そこが宏之の定位置です。いつも一緒に演奏しています。

宏之の短歌と音楽がいつまでもみなさまの心に残ってくれますことを願って。

＊＊＊

本書を発行するにあたってお力添えをいただきました皆さまへ、そして歌人笹井宏之をこれまであたたかくご指導いただき、育てていただきましたすべての方々と読者の皆様に心からお礼を申し上げます。

編集に携わっていただきました伊津野重美様、斉藤倫様、名久井直子様、杉田淳子様、藤本真佐夫様にとりわけ深く感謝申し上げます。

二〇一〇年十二月　筒井孝司

文庫版のためのあとがき

宏之が旅立ちましてから十年の歳月が流れました。没後十年を迎え今、顕彰の輪が広がっています。

二〇一一年一月二十四日、宏之の三回忌の折に、パルコ出版より笹井宏之作品集『えーえんとくちから』を刊行していただきましたが、この度筑摩書房から文庫化していただくことになり大変ありがたく光栄に思っております。

宏之は短歌以外のジャンルの作品も数多く残してくれましたが、この文庫版には未発表のエッセイ、俳句、詩なども新たに加えていただきました。このような形で宏之の作品をたくさんの人に読み継いでいただくことは宏之が生き続けることでもあると思っております。

本書を発行するにあたってお力添えをいただきました皆さまへ、そして歌人笹井宏之をご指導いただき、育てていただきました方々と読者の皆様に心からお礼を申し上げます。とりわけ本書の発行にご尽力賜わりました筑摩書房の山本充様に深く感謝申し上げます。

二〇一九年一月二十四日　　筒井孝司

解説

穂村弘

笹井宏之の歌には、独特の優しさと不思議な透明感がある。

ねむらないただ一本の樹となってあなたのワンピースに実を落とす

「あなた」に対する思いの深さを感じる。「ワンピースに実を落とす」ことがモノや言葉を直接渡すよりも優しく思えるのは何故だろう。この歌の背後には、人間である〈私〉と「樹」とが区別されない世界像がある。

拾ったら手紙のようで開いたらあなたのようでもう見れません

ここでは「手紙」と「あなた」が同化している。そして、「手紙」が記される紙とはもともと「樹」から生まれたものではないか。笹井ワールドの中では、〈私〉や「樹」や「手紙」や「あなた」が、少しずつ形を変えながら繋がっているように感じられる。

あるいは鳥になりたいのかもしれなくて夜をはためくテーブルクロス
風であることをやめたら自転車で自転車が止まれば私です
しっとりとつめたいまくらにんげんにうまれたことがあったのだろう
さあここであなたは海になりなさい　鞄は持っていてあげるから

〈私〉→「樹」や「手紙」→「あなた」と同様に、いずれの場合も、一つのものから別のものへ、一首の中で存在が移り変わっている。「テーブルクロス」→「鳥」、「風」→「自転車」→「私」、「にんげん」→「まくら」、「あなた」→「海」。本書の中に、このタイプの歌は多くある。

従来の短歌の枠組みの中で見れば、それらは時に比喩であり、擬人化であり、アニミズムであり、成り代わりであり、夢であり、輪廻転生であるのかもしれない。だが、そう思って読もうとすると、どこか感触が違う。表面的にどのように見えようとも、笹井ワールドの底を流れている感覚はいつも同じというか、さまざまな技法というよりもただ一つの原則めいた何かを感じる。敢えて言語化するなら、それは魂の等価性といったものだ。

私やあなたや樹や手紙や風や自転車やまくらや海の魂が等価だという感覚。それは笹井の歌に特異な存在感を与えている。何故なら、近代以降の短歌は基本的に一人称の詩型であり、ただ一人の〈私〉を起点として世界を見ることを最大の特徴としてきたからだ。

真砂なす数なき星の其中に吾に向ひて光る星あり　正岡子規
桜ばないのち一ぱいに咲くからに生命《いのち》をかけてわが眺めたり　岡本かの子

いずれも近代を代表する有名歌だが、共通するのは、「星」や「桜ばな」と「吾」が命懸けで対峙するという感覚である。ここには、何とも交換不可能なただ一人の〈私〉の姿がある。他にも与謝野晶子や斎藤茂吉といった近代の歌人たちは、作風の違いはあっても、それぞれにこのような〈私〉の命の輝きを表現しようとした。その流れは現代まで続いている。

そんな〈私〉中心の短歌に慣れていた私は笹井の歌に出会って驚いた。


みんなさかな、みんな責任感、みんな再結成されたバンドのドラム

「みんな」がいて〈私〉がいない。しかも、「みんな再結成されたバンドのドラム」だって？　近代の和歌革新運動を経た歌人たちは、戦後の前衛短歌運動を担った歌人たちは、九十年代のニューウェーブと呼ばれた歌人たちは、誰もが「〈私〉は新結成されたバンドのボーカル」だと思っていたんじゃないか（近代にはバンドやボーカルって言葉はないけれど）。だが、〈私〉のエネルギーで照らし出せる世界がある一方で、逆に隠されてしまう世界があるのではないか。笹井作品の優しさと透明感に触れて、そんなことをふと思う。

笹井ワールドにおける魂の等価性と私が感じるものは、一体どこからくるのだろう。その源の一つには、或いは作者の個人的な身体状況があるのかもしれない。

どんなに心地よさやたのしさを感じていても、それらは耐えがたい身体症状とな

って、ぼくを寝たきりにしてしまいます。（略）

短歌をかくことで、ぼくは遠い異国を旅し、知らない音楽を聴き、どこにも存在しない風景を眺めることができます。

あるときは鳥となり、けものとなり、風や水や、大地そのものとなって、あらゆる事象とことばを交わすことができるのです。

（歌集『ひとさらい』「あとがき」より）

ここには鳥やけものや風や水や大地と「ぼく」との魂の交歓感覚が描かれている。

私は本書のタイトルとなった歌を思い出す。

えーえんとくちからえーえんとくちから永遠解く力を下さい

口から飛び出した泣き声とも見えた「えーえんとくちから」の正体は「永遠解く力」だった。「永遠」とは寝たきりの状態に縛り付けられた存在の固定感覚、つまり〈私〉の別名ではないだろうか。〈私〉は〈私〉自身を「解く力」を求めていたのでは。

前述のように、多くの歌人は〈私〉の命や〈私〉の心の真実を懸命に詠おうとする。

そのエネルギーの強さが表現の力に直結しているとも云える。だが、そのような〈私〉への没入が、結果的に他者の抑圧に結びつく面があるのは否定できない。読者である我々は与謝野晶子や斎藤茂吉の言葉の力に惹かれつつ、余りの思い込みの強さに辟易させられることがある。これを詩型内部の問題としてのみ捉えるならば、魂の過剰さとか愛すべき執念という理解でも、或いはいいのかもしれない。

だが、現実の世界を顧みた時はどうか。我々が生きている現代は、獲得したばかりの〈私〉を謳歌する晶子や茂吉の時代とは違う。種としての人類が異なる段階に入っているのだ。人間による他の生物の支配、多数者による少数者の差別、男性による女性の抑圧など、強者のエゴによって世界に大きなダメージを与えている。それは何とも交換不可能なただ一人の〈私〉こそが大切だという、かつては自明と思えた感覚がどこまでも増幅された結果とは云えないか。そう考える時、笹井作品における魂の等価性とは他者を傷つけることの懸命の回避に見えてくる。

さかなをたべる
さかなの一生を、ざむざむとむしる
さかなは死体のように

横たわっている

さかな、
二〇〇六年の夏に生まれ
オホーツク海の流氷のしたを泳ぎ
二〇〇八年初春、投網にかかったさかな

いいかさかなよ、
わたしはいまから
おまえをたべるのだ

容赦なく箸をつかい
皮を剝ぎ、肉をえぐり、
骨を抜き、めだまをつつくのだ

さかなよ

まだ焼かれて間もないさかなよ
わたしは舌をやけどしながらも
おまえをたべる

このように始まる「再会」という詩の続きはこうだ。

二〇〇八年初春の投網が
あすのわたしを待ち受けているかもしれないのだから

ここに見られるのは「さかな」と「わたし」の運命の等価性だ。種のレベルの課題に対して、個の意識としての対応が試みられている。

きれいにたべてやる
安心して、むしられていろ

そして、

今度は二〇〇六年夏のオホーツク海で
奇跡的な再会を果たそうではないか

そんなことを考えながら、改めて本書を開く時、笹井宏之が遺した一首一首の歌が、一つ一つの言葉が、未来の希望に繋がる鍵の形をしていることに気づくのだ。

それは世界中のデッキチェアがたたまれてしまうほどのあかるさでした

（ほむら・ひろし　歌人）

本書は二〇一一年一月にＰＡＲＣＯ出版より刊行された。

ねにもつタイプ　岸本佐知子

何となく気になることにこだわる、ねにもつ。思索、奇想、妄想はばたく脳内ワールドをリズミカルな名短文でつづる。第23回講談社エッセイ賞受賞。

TOKYO STYLE　都築響一

小さい部屋が、わが宇宙。ごちゃごちゃと、しかし快適に暮らす、僕らの本当のトウキョウ・スタイルはこんなものだ！　話題の写真集文庫化！

自分の仕事をつくる　西村佳哲

仕事をすることは会社に勤めること、ではない。仕事を「自分の仕事」にできた人たちに学ぶ、働き方のデザインの仕方とは。（稲本喜則）

世界がわかる宗教社会学入門　橋爪大三郎

宗教なんてうさんくさい⁉　でも宗教は文化や価値観の骨格であり、それゆえ紛争のタネにもなる。世界宗教のエッセンスがわかる充実の入門書。

ハーメルンの笛吹き男　阿部謹也

「笛吹き男」伝説の裏に隠された謎はなにか？　十三世紀ヨーロッパの小さな村で起きた事件を手がかりに中世における「差別」を解明。（石牟礼道子）

増補　日本語が亡びるとき　水村美苗

明治以来豊かな近代文学を生み出してきた日本語が、いま、大きな岐路に立っている。我々にとって言語とは何なのか。第8回小林秀雄賞受賞作に大幅増補。

子は親を救うために「心の病」になる　高橋和巳

子は親が好きだからこそ「心の病」になり、親を救おうとしている。精神科医である著者が説く、親子という「生きづらさ」の原点とその解決法。

クマにあったらどうするか　姉崎等　片山龍峯

「クマは師匠」と語り遺した狩人が、アイヌ民族の知恵と自身の経験から導き出した超実践クマ対処法。クマと人間の共存する形が見えてくる。（遠藤ケイ）

脳はなぜ「心」を作ったのか　前野隆司

「意識」とは何か。どこまでが「私」なのか。死んだら「心」はどうなるのか。――「意識」と「心」の謎に挑んだ話題の本の文庫化。（夢枕獏）

しかもフタが無い　ヨシタケシンスケ

「絵本の種」となるアイデアスケッチがそのまま本に。くすっと笑えて、なぜかほっとするイラスト集です。ヨシタケさんの「頭の中」に読者をご招待！

品切れの際はご容赦ください

すべてきみに宛てた手紙　長田弘

この世界を生きる唯一の「きみ」へ――人生のためのヒントが見つかる、39通のあたたかなメッセージ。傑作エッセイが待望の文庫化！（谷川俊太郎）

言葉なんかおぼえるんじゃなかった　田村隆一・語り　長薗安浩・文

戦後詩を切り拓き、常に詩の最前線で活躍し続けた伝説の詩人・田村隆一が若者に向けて送る珠玉のメッセージ。代表的な詩25篇も収録。（穂村弘）

夜露死苦現代詩　都築響一

寝たきり老人の独語、死刑囚の俳句、エロサイトのコピー……誰も文学と思わないのに、一番僕たちをドキドキさせる言葉をめぐる旅。増補版。

えーえんとくちから　笹井宏之

風のように光のようにやさしく強く二十六年の生涯を駆け抜けた夭折の歌人・笹井宏之。そのベスト歌集が没後10年を機に待望の文庫化！（穂村弘）

先端で、さすわ　さされるわ　そらええわ　川上未映子

すべてはここから始まった――。デビュー作にして圧倒的文圧を誇る表題作を含む珠玉の七編。第14回中原中也賞を受賞した第一詩集がついに文庫化！

水瓶　川上未映子

鎖骨の窪みの水瓶を捨てにいく少女を描いた長編詩「水瓶」を始め、より豊潤に尖鋭に広がる詩的宇宙。第43回高見順賞に輝く第二詩集、ついに文庫化！

春原さんのリコーダー　東直子

シンプルな言葉ながら一筋縄ではいかない独特な世界観の東直子デビュー歌集。刊行時の栞文や、花山周子による評論、川上弘美との対談も収録。

青卵　東直子

現代歌人の新しい潮流となった東直子の第二歌集。花山周子の評論、穂村弘との特別対談により独自の感覚に充ちた作品の謎に迫る。

回転ドアは、順番に　穂村弘　東直子

ある春の日に出会い、そして別れるまで。気鋭の歌人ふたりが、見つめ合い呼吸をはかりつつ投げ合う、スリリングな恋愛問答歌。（金原瑞人）

適切な世界の適切ならざる私　文月悠光

中原中也賞、丸山豊記念現代詩賞を最年少の18歳で受賞し、21世紀の現代詩をリードする文月悠光の記念碑的第一詩集が待望の文庫化！（町屋良平）

本屋、はじめました　増補版　辻山良雄
リブロ池袋本店のマネージャーだった著者が、自分の書店を開業するまでの全て。その後のことを文庫化にあたり書き下ろした。（若松英輔）

ガケ書房の頃　完全版　山下賢二
京都の個性派書店青春記。2004年の開店前からその後の展開まで。資金繰り、セレクトへの疑念など本音で綴る。帯文＝武田砂鉄（島田潤一郎）

わたしの小さな古本屋　田中美穂
会社を辞めた日、古本屋になることを決めた。倉敷の空気、古書がつなぐ人の縁、店の生きものたち……。女性店主が綴る蟲文庫の日々。（早川義夫）

ぼくは本屋のおやじさん　早川義夫
22年間の書店としての苦労と、お客さんとの交流。どこにもありそうで、ない書店。30年来のロングセラー！（大槻ケンヂ）

女子の古本屋　岡崎武志
女性店主の個性的な古書店が増えています。カフェを併設したり雑貨も置くなど、独自の品揃えで注目の各店を紹介。追加取材して文庫化。（近代ナリコ）

野呂邦暢　古本屋写真集　野呂邦暢　岡崎武志／古本屋ツアー・イン・ジャパン編
野呂邦暢が密かに撮りためた古本屋写真が存在する。2015年に書籍化された際、話題をさらった写真集が増補、再編集の上、奇跡の文庫化。

ボン書店の幻　内堀弘
1930年代、一人で活字を組み印刷し好きな本を刊行していた出版社があった。刊行人鳥羽茂と書物の舞台裏の物語を探る。（長谷川郁夫）

「本をつくる」という仕事　稲泉連
ミスをなくすための校閲。本の声である書体の制作。もちろん紙も必要だ。本を支えるプロに仕事の話を聞きにいく情熱のノンフィクション。（武田砂鉄）

あしたから出版社　島田潤一郎
青春の悩める日々、創業への道のり、編集・装丁・営業の裏話、忘れがたい人たち……「ひとり出版社」を営む著者による心打つエッセイ。（頭木弘樹）

ビブリオ漫画文庫　山田英生編
古書店、図書館など、本をテーマにした傑作漫画集。主な収録作家――水木しげる、永島慎二、松本零士、つげ義春、楳図かずお、諸星大二郎ら18人。

ぼくは散歩と雑学がすき　植草甚一

1970年、遠かったアメリカ。その風俗、映画、本、音楽から政治までをフレッシュな感性と膨大な知識、貪欲な好奇心で描き出す代表エッセイ集。

せどり男爵数奇譚　梶山季之

せどり=掘り出し物の古書を安く買って高く転売することを業とすること。古書の世界に魅入られた人々を描く傑作ミステリー。（永江朗）

20ヵ国語ペラペラ　種田輝豊

30歳で「20カ国語」をマスターした著者が外国語の習得ノウハウを惜しみなく開陳した語学の名著であり、心を動かす青春記。（黒田龍之助）

ポケットに外国語を　黒田龍之助

言葉への異常な愛情で、外国語本来の面白さを伝えるエッセイ集。ついでに外国語学習が、もっと楽しくなるヒントもつまっている。（堀江敏幸）

英単語記憶術　岩田一男

単語を構成する語源を捉えることで、語の成り立ちを理解することを説き、丸暗記では得られない体系的な英単語習得を提案する50年前の名著復刊。

増補版　誤植読本　高橋輝次編著

本と誤植は切っても切れない!? 恥ずかしい打ち明け話や、校正をめぐるあれこれなど、作家たちが本音を語り出す。作品42篇収録。（堀江敏幸）

文章読本さん江　斎藤美奈子

「文章読本」の歴史は長い。百年にわたり文豪から一介のライターまでが書き綴った、この「文章読本」とは何ものか。第1回小林秀雄賞受賞の傑作評論。

読書からはじまる　長田弘

自分のために、次世代のために――。「本を読む」意味をいまだからこそ考えたい。人間の世界への愛に溢れた珠玉の読書エッセイ！（池澤春菜）

本は読めないものだから心配するな　管啓次郎

この世界に存在する膨大な本をめぐる読書論であり、ブックガイドであり、世界を知るための案内書。読めば、心の天気が変わる。（柴崎友香）

「読み」の整理学　外山滋比古

読み方には、既知を読むアルファ（おかゆ）読みと、未知を読むベータ（スルメ）読みがある。リーディングの新しい地平を開く目からウロコの一冊。

おまじない　西加奈子

さまざまな人生の転機に思い悩む女性たちに、そっと寄り添ってくれる、珠玉の短編集、いよいよ文庫化！　巻末に長濱ねると著者の特別対談を収録。（津村記久子）

通天閣　西加奈子

このしょーもない世の中に、救いようのない人生に、ちょっぴり暖かい灯を点す驚きと感動の物語。第24回織田作之助賞大賞受賞作。（津村記久子）

沈黙博物館　小川洋子

「形見じゃ」老婆は言った。死の完結を阻止するために形見が盗まれる。死者が残した断片をめぐるやさしくスリリングな物語。（堀江敏幸）

注文の多い注文書　小川洋子　クラフト・エヴィング商會

バナナフィッシュの耳石、貧乏な叔母さん、小説に隠された〈もの〉をめぐり、二つの才能が火花を散らす。贅沢で不思議な前代未聞の作品集。（平松洋子）

図書館の神様　瀬尾まいこ

赴任した高校で思いがけず文芸部顧問になってしまった清（きよ）。そこでの出会いが、その後の人生を変えてゆく。鮮やかな青春小説。（山本幸久）

僕の明日を照らして　瀬尾まいこ

中2の隼太に新しい父が出来た。優しい父はしかしDVする父でもあった。この家族を失いたくない！　隼太の闘いと成長の日々を描く。（岩宮恵子）

星間商事株式会社社史編纂室　三浦しをん

二九歳「腐女子」川田幸代、社史編纂室所属。恋の行方も友情の行方も五里霧中。仲間と共に「同人誌」を武器に社の秘められた過去に挑む!?（金田淳子）

ラピスラズリ　山尾悠子

言葉の海が紡ぎだす、〈冬眠者〉と人形と、春の目覚めの物語。不世出の幻想小説家が20年の沈黙を破り発表した連作長篇。補筆改訂版。（千野帽子）

聖女伝説　多和田葉子

少女は聖人を産むことなく自身が聖人となれるのか？　著者の代表作にして性と生と聖をめぐる少女小説の傑作がいま蘇る。書き下ろしの外伝を併録。

ピスタチオ　梨木香歩

棚（たな）がアフリカを訪れたのは本当に偶然だったのか。不思議な出来事の連鎖から、水と生命の壮大な物語「ピスタチオ」が生まれる。（管啓次郎）

包帯クラブ　天童荒太

傷ついた少年少女達は、戦わないかたちで自分達の大切なものを守ることにした。生きがたいと感じるすべての人に贈る長篇小説。大幅加筆して文庫化。

つむじ風食堂の夜　吉田篤弘

それは、笑いのこぼれる夜。――食堂は、十字路の角にぽつんとひとつ灯をともしていた。クラフト・エヴィング商會の物語作家による長篇小説。

虹色と幸運　柴崎友香

珠子、かおり、夏美。三〇代になった三人が、人に会い、おしゃべりし、いろいろ思う一年間。移りゆく季節の中で、日常の細部が輝く傑作。（江南亜美子）

変《かわ》半《り》身《み》　村田沙耶香

孤島の奇祭「モドリ」の生贄となった同級生を救った陸と花蓮は祭の驚愕の真相を知る。悪夢が極限まで疾走する村田ワールドの真骨頂！（小澤英実）

君は永遠にそいつらより若い　津村記久子

22歳処女。いや「女の童貞」と呼んでほしい――。日常の底に潜むうっすらとした悪意を独特の筆致で描く。第21回太宰治賞受賞作。（松浦理英子）

アレグリアとは仕事はできない　津村記久子

彼女はどうしようもない性悪だった。すぐ休み単純労働をバカにし男性社員に媚を売る。大型コピー機とミノベとの仁義なき戦い！（千野帽子）

さようなら、オレンジ　岩城けい

オーストラリアに流れ着いた難民サリマ。言葉も不自由な彼女が、新しい生活を切り拓いてゆく。第29回太宰治賞受賞・第150回芥川賞候補作。（小野正嗣）

星か獣になる季節　最果タヒ

推しの地下アイドルが殺人容疑で逮捕!? 僕は同級生のイケメン森下と真相を探るが――。歪んだピュアネスが傷だらけで疾走する新世代の青春小説！

とりつくしま　東直子

死んだ人に「とりつくしま係」が言う。モノになってこの世に戻れますよ。妻は夫のカップに弟子は先生の扇子になった。連作短篇集。（大竹昭子）

ポラリスが降り注ぐ夜　李琴峰

多様な性的アイデンティティを持つ女たちが集う二丁目のバー「ポラリス」。国も歴史も超えて思い合う気持ちが繋がる7つの恋の物語。（桜庭一樹）

ちくま文庫

えーえんとくちから

二〇一九年一月 十 日 第 一 刷発行
二〇二五年二月二十五日 第十五刷発行

著 者 笹井宏之（ささい・ひろゆき）

発行者 増田健史
発行所 株式会社 筑摩書房
東京都台東区蔵前二―五―三 〒一一一―八七五五
電話番号 〇三―五六八七―二六〇一（代表）
装幀者 安野光雅
印刷所 三松堂印刷株式会社
製本所 三松堂印刷株式会社

ISBN978-4-480-43575-0 C0192